AUTO-DESCUBRIMIENTO

Aquí hay sabiduría, quien tenga entendimiento que calcule el número de la bestia

un libro de

J.V.Q.A.

(Juan Vitaliano Quinonez-Alban)

Este es un libro de autodescubrimiento; puedes experimentar lo mismo que yo o algo completamente diferente.

"EL QUE BUSCA ENCUENTRA"

AGRADECIMIENTO

Este libro está dedicado a todos los lectores de habla alemana que compraron mi libro:

Selbstentdeckung: Wer Verständnis hat, berechne die Zahl des Tieres

1. AQUEL QUE TENGA ENTENDIMIENTO CALCULE EL NÚMERO DE LA BESTIA

<u>NOTA: Este libro fue escrito originalmente en alemán.</u>

Nunca pensé que tantos alemanes estarían interesados en muchos de mis libros. Como hablante nativo de español y también como traductor de inglés, pido disculpas por cualquier error en este libro ya que no hablo alemán. Pero quería compartir todo el conocimiento que he adquirido desde mi juventud con todos mis lectores alemanes.

La premisa de este estudio es la siguiente:

"Aquí hay sabiduría. El que tiene entendimiento, que calcule el número de la bestia, porque el número es el de un hombre, y su número es 666".

Apocalipsis 13:18 - Nueva Biblia de las Américas

Para cumplir con la premisa descrita anteriormente, se deben realizar los siguientes pasos:

1. Primero, necesito un esquema que sume 666 usando una o más sumas.

Opción a) 300 + 300 + 60 + 6 = 666

Opción b) 400 + 200 + 60 + 6 = 666

Opción c) 100 + 300 + 100 + 100 + 60 + 6 = 666

Nosotros seleccionaremos el esquema (opción A):

$$300 + 300 + 60 + 6 = 666$$

Necesitamos averiguar en el idioma hebreo qué letras están en concordancia con el esquema propuesto (300 + 300 + 60 + 6 = 666) según la Gematria hebrea.

Shin = ש = 300

Samekh = ס = 60

Waw (vav) = ו = 6

$$\mathfrak{w}\ (300) + \mathfrak{w}\ (300) + \mathfrak{o}\ (60) + \mathfrak{l}\ (6) = 666$$

ווסש

2. Luego de esto, puede usar su sitio web de traducción favorito. En este caso utilizo Google Translate (la traducción se hace del hebreo al alemán porque originalmente este libro estaba dirigido a personas germanohablantes).

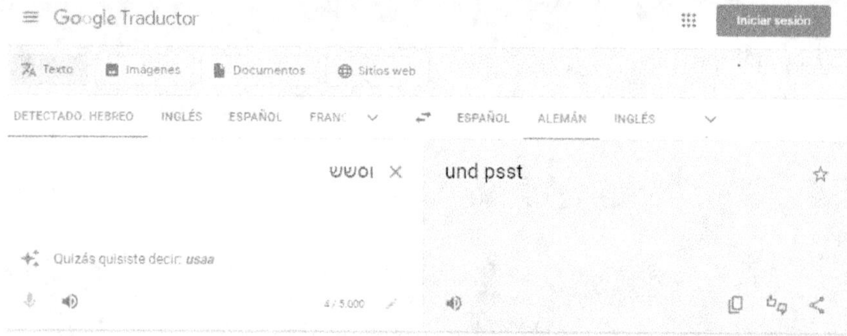

Obtuvimos "Psst" que sería la interjección de silencio usada en Alemania.

3. Aparentemente, "¡Psst!" no tendría sentido en términos de traducción. Sin embargo, algunos ocultistas usan la interjección de silencio como una advertencia de que los temas estudiados en el ocultismo deben ser debidamente reservados o mantenidos en secreto.

Yo, J.V.Q.A., autor ecuatoriano, sudamericano, no soy ocultista, soy católico, así que hablaré o escribiré lo que encuentre en esta investigación.

Toda la investigación que veremos a continuación se basa en un aparente error de traducción.

Llamo a este método IRRTUMLOGÍA (que no debe confundirse con "Errorología").

Si de alguna manera utilizo un error para estudiar algo relacionado con la adivinación, lo llamaría IRRTUMANCIA. Sin embargo, dado que no es así, a partir de ahora todo lo que surja de esta investigación entrará en el ámbito de la IRRTUMLOGÍA (que no debe confundirse con "Errorology" en inglés).

Por favor, lea atentamente las definiciones de **IRRTUMLOGÍA** e **IRRTUMANCIA.**

Irrtumlogía. - (Del alemán Irrtum y este del latín error: falla, fracaso, equivocación; y griego logía: enseñanza) es una disciplina teórica que trata los fenómenos paranormales, esotéricos o escatológicos desde la perspectiva del error. La Irrtumlogía se basa en el supuesto de que el conocimiento humano siempre es erróneo e insuficiente, y que estos errores pueden estimular nuevas formas de percibir e interpretar la realidad. La Irrtumlogía no debe confundirse con la Irrtumancia, que es un arte práctico de adivinación por error, ni con 'Errorology', un término en inglés que se refiere al estudio científico de los errores y cómo evitarlos.

Irrtumancia. – (Del alemán Irrtum y este del latín error: falla, fracaso, equivocación; y del griego mantéia: adivinación) arte práctico que trata cuestiones esotéricas, paranormales y escatológicas a través del error. La Irrtumancia se basa en el supuesto de que el error es una forma de descubrir verdades ocultas o futuras, y que estas verdades pueden alcanzarse a través de rituales o medios que provocan o aprovechan el error. La Irrtumancia no debe confundirse con Irrtumlogía, una disciplina teórica que examina los errores de temas esotéricos o paranormales como fuente de conocimiento, sin implicar ritual o práctica alguna.

4. Ahora reordenemos las letras de la palabra וסשש y veamos qué traducción nos da.

Antes: וסשש = 666 (300+300+60+6)

Después: שוסש =666 (300+60+6+300)

5. Podemos ingresar la palabra שוסש en Google Translate u otro traductor que permita la traducción del hebreo al alemán.

שוסש = zögerte

Zögerte en español significa "titubeo" (dudar, vacilar)

Zögerte. - Pretérito singular de indicativo de duda (zögern en alemán). Titubear significa esperar indeciso antes de tomar una acción o decisión, posponer algo, no comenzar de inmediato o comenzar lentamente. Por ejemplo: Dudó en contestar el teléfono. Dudó en decirle la verdad.

6. Las palabras a encontrar y las posibles combinaciones son numerosas, pero en base a mi propia experiencia nos centraremos en el siguiente esquema: שׁושׁס.

שׁושׁס (60+300+6+300)

Esta palabra traducida del hebreo al alemán nos da la siguiente traducción:

7. El siguiente paso es averiguar qué deidad o dios está asociado con el silencio.

8. ¿Cómo se llama el dios del silencio? (pregunté en Google)

Vidar (Viðarr)

Vidar   Gott der **Stille**

En español: Vidar – Dios del silencio (aunque hay otros dioses asociados con el silencio, ya veremos eso después)

El silencioso, vengativo y justo Vidar, hijo de Odín y Gríðr en la mitología nórdica. Es uno de los pocos dioses vivos después del fin del mundo que vengó a su padre asesinado al derrotar al lobo gigante Fenrir. Vidar vive en un bosque llamado Landvidi. Usa zapatos especiales hechos de cuero que la gente no usa. Con estos zapatos, puede abrir la boca de Fenrir y desgarrarle la mandíbula.

9. Podemos usar una aplicación o sitio web de inteligencia artificial para obtener mejores respuestas.

¿Cómo se llama el dios o la diosa del silencio?

La inteligencia artificial me respondió: Harpócrates es el Dios del Silencio. Harpócrates es el nombre griego del dios egipcio Horus, conocido como Horus el niño. Harpócrates se asocia con el silencio y el secreto.

En la mitología romana, la diosa menor Tacita, conocida como Tacita Muta, se asocia con el silencio y el secreto llevándose el dedo a los labios o manteniendo la boca cerrada. Este gesto, también conocido como gesto de Harpócrates, es bien conocido.

10. Luego de eso, podemos consultar nuestro navegador web preferido; en este caso sería Google. ¿Cómo se relaciona Harpócrates con el ocultismo?

Harpócrates es una figura de especial importancia en el ocultismo y el esoterismo. Su imagen con el dedo sobre los labios expresa el silencio y la sensatez necesarios para acceder al misterio y al poder oculto. En algunas tradiciones herméticas y alquímicas, Harpócrates simboliza el "Misterio Hermético" o el "Arcano Hermético", el conocimiento y los secretos ocultos que guarda.

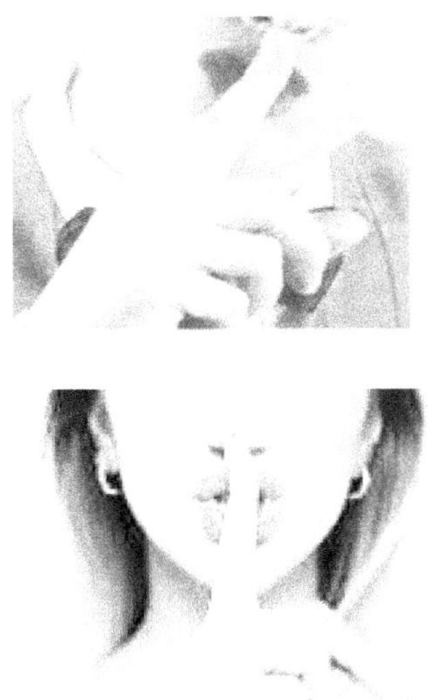

11. Hasta ahora hemos encontrado dos definiciones sobre las que podemos obtener más información:

a.   El Misterio Hermético

b.   El Arcano Hermético (Hermetic Arcanum)

Aquí podemos usar la inteligencia artificial o nuestro navegador de internet favorito.

- ¿Qué es el Misterio Hermético o Secreto Hermético?

El Secreto Hermético es el conocimiento y la enseñanza basados en el principio y la filosofía hermética. La hermética es una escuela filosófica y de enseñanza esotérica basada en las obras del sabio egipcio Hermes Trismegistus.

El Misterio (o secreto) Hermético abarca la idea de que existe un orden oculto en el universo, expresado a través de principios como el espíritu, la mentalidad y la correspondencia. Su objetivo es explorar y comprender la naturaleza de la realidad y el mundo.

El Misterio Hermético también subraya la noción de que el Todo es Uno y que la mente y la conciencia juegan un papel importante en la creación y manifestación de la realidad. Se trata de la conexión entre el microcosmos (el yo individual) y el macrocosmos (el universo) y la búsqueda del conocimiento, la sabiduría y la percepción espiritual.

En la tradición hermética, el secreto hermético se considera un conocimiento valioso y secreto accesible solo para los iniciados. Incorpora varios conceptos, prácticas y símbolos diseñados para profundizar la comprensión del universo y promover la transformación individual y el desarrollo espiritual.

- ¿Qué es el Arcano Hermético (Hermetic Arcanum)?

El "Arcano Hermético" es un término que se usa a menudo en las tradiciones esotéricas y ocultas. "Arcanum" proviene del latín y significa "secreto" o "conocimiento oculto". El "Arcano Hermético" se refiere a un secreto o enseñanza específica conocida solo por un pequeño grupo de iniciados o elegidos.

Se cree que este secreto contiene un profundo conocimiento espiritual, filosófico o mágico que no está destinado al público en general. Se ve como algo solo revelado a aquellos que han alcanzado ciertos niveles de iniciación o crecimiento, o han sido iniciados en ciertas tradiciones esotéricas.

El "Arcano Hermético" puede incluir varias cosas, como rituales secretos, prácticas mágicas, enseñanzas místicas o profundas intuiciones filosóficas. A menudo se ve como una clave para la iluminación, la transformación personal o el desarrollo del potencial espiritual.

En muchos sistemas esotéricos y tradiciones ocultas, el "Arcano Hermético" es visto como algo valioso que debe ser tratado con respeto y responsabilidad. A menudo se usa en el contexto del secreto y la discreción, para preservar el misterio y la santidad del conocimiento y para enfatizar la importancia de la devoción sincera y el progreso en el camino espiritual.

12. El siguiente término interesante en el párrafo anterior (pregunta No. 11) consiste en la frase: "Hermes Trismegistus".

¿Quién es Hermes Trismegisto?

Hermes Trimegistos es una figura legendaria que une al dios griego Hermes y al dios egipcio Thoth. Su nombre significa 'El tres veces más grande' o 'Hermes el tres veces sabio', lo que refleja su gran sabiduría y espiritualidad. Es el creador del Hermetismo, una filosofía y espiritualidad basada en sus escritos y enseñanzas.

Hermes Trimegistus es el portador de las revelaciones divinas, el mediador entre los dioses y los hombres, y el maestro del conocimiento oculto. Su influencia fue muy grande en la tradición esotérica y ha tenido muchos adeptos e interpretaciones a lo largo de la historia. También se asocia con conocimientos de alquimia, astrología, magia y psicología. Algunas de sus obras más famosas son **La Tabla Esmeralda** y el **Kybalion**.

Para mí, Hermes Trismegistus es un arquetipo de Lucifer, Satanás o el Diablo (veremos por qué después de unas páginas).

12. El autor Christian Karl Josias von Bunsen (nacido en Korbach 1791 – Bonn 1860 (+)) mencionó en su libro: Egypt's Place in Universal History (IV) que el dios Esmun era conocido como Sesen, Sôsis o "El Octavo".

    Josias Von Bunsen también menciona que: "este dios [Sesen] ciertamente aparece en la mitología moderna como Thoth (Hermes)".

    La idea propuesta por Christian Karl Josias von Bunsen de que Thoth (Hermes) puede ser conocido como Sesen es importante para mi premisa de que Hermes Trismegistus (Thoth + Hermes) es una especie de arquetipo del adversario de Dios, quien en la tradición cristiana se llama: Lucifer, Satanás o simplemente el diablo.

Quisiera remarcar, mi querido lector, que yo, Juan Vitaliano Quiñonez Albán, soy latino (ecuatoriano) y católico, por lo que no encontrará comentarios positivos sobre los adversarios de Dios (Lucifer o Satanás) en este texto.

13. La palabra 'Sesen' dentro de diferentes culturas ancestrales significa varias cosas:

a) En relación con la cultura del antiguo Egipto, puede representar lo siguiente:

- Una flor de loto.

- Una región geográfica del antiguo Egipto (llamada Sesen o Sesennu).

 - Otro Nombre del Dios Hermes (Thoth).

b) En la población antigua del Irán actual, el nombre Sesen representaba una deidad aramea llevada por los judíos durante su exilio en Babilonia. Esta antigua deidad se extendió más tarde a Europa y siglos más tarde incluso se infiltró en el cristianismo con el nombre de San Sisinnius de Antioquía o San Sisinnius de Partia (o San Sisinio). En cuanto al nombre Sesen, centrémonos primero en aspectos relacionados con la cultura egipcia, que también son comunes en culturas como la babilónica y otras religiones cananeas debido al sincretismo.

La flor de loto (sesen) es un símbolo solar de la creación. Según la antigua tradición egipcia, la flor de loto se cierra por la noche y se sumerge en el agua, elevándose y reabriendo al amanecer. En Hermópolis (ciudad de Hermes en el antiguo Egipto), el dios sol que surgió del caos de Nun (océano primitivo) emergió como Amen Ra de los pétalos de una flor de loto. El autor Matthew Delooze (2007) identifica esta analogía con el "Orden fuera del caos" de la masonería (Ordo ab Chao).

Quiero enfatizar que el Adversario de Dios se aprovecha de lo que se llama sincretismo o fusión de ideas culturales o religiosas. El adversario de Dios no quiere ser único (es decir ser el único a quien se adore); él quiere estar al menos un poco presente en cada religión, secta o filosofía. Por eso, en este libro veremos cómo pasamos de la cultura egipcia a la cultura babilónica como si fueran lo mismo. Puede que las costumbres mismas difieren entre los pueblos, pero la filosofía central del Adversario de Dios o la base de su supuesta creencia es la misma. Más adelante en el libro veremos un detalle de esto desde mi punto de vista.

Según Christian K. J. Bunsen, la antigua ciudad de Hermópolis se llamaba Sesen, Sôsis. Esta palabra (Sesen) se derivó de una forma antigua del número seis (Ses, SUS).

El autor Ralph Ellis asocia la palabra "sesen" con "abrir" o "respirar". Este autor incluso menciona que un posible origen de la palabra sésamo (de la frase: "¡Ábrete sésamo!") está relacionado con Sesen y su jeroglífico:

sesen (abrir o respirar)

Nota: Hay otros jeroglíficos que también se pueden leer como sesen y tienen un significado diferente a los que ya he explicado.

El libro de 1876 "Compendio semestral de ciencia médica" (17-18) publicado por la Universidad de Michigan identificó la planta de jacinto con la palabra "sesen". Esta publicación nos presentó otros términos y afirmó que sesen significa también shoshan en hebreo y susan en árabe. Sin embargo, esta identificación estaría más relacionada con el loto Nymphæa que con la planta jacinto.

A partir de ahora nos centraremos en la relación entre Lotus, Shoshan (loto en hebreo) y Susan (Loto en árabe).

Según el Diccionario Hebreo de Strong, la palabra 7799 (shushan, shoshan, shoshannah) es un sustantivo masculino y se escribe de la siguiente manera: שׁוּשַׁן. Si ingresamos esta palabra en una calculadora de gematria, encontramos que tiene la numeración 656.

El libro Isles of Wonder: the cover story (escrito por Mason Bigelow) nos brinda información interesante sobre la palabra shoshan. Donde Shoshan, un lirio, es identificado por algunos eruditos con una flor de loto o un botón de oro (buttercup) asiático.

En árabe al Shoshan (loto) se le conoce como Sausan y en árabe vulgar como Susan (esto ya se ha mencionado).

Shoshana (shushan) puede representar más de un lirio, flor de loto o rosa (como Shoshana Jacob). El Midrash menciona la expresión "shoshanah shel wered". Y el lirio rosa es uno de los símbolos de Israel.

Hasta aquí quiero que quede claro que el loto, el lirio, la rosa y en general cualquier flor se puede llamar shoshan (palabra hebrea con un 656 gematria).

2. La Puerta de Ishtar

(La Octava Puerta)

Detalles de la puerta de Ishtar. - Babilonia, 575 a. C. (a) Una serie de árboles sacros en forma de loto con troncos anillados y tres corolas terminales conectadas por brotes de tallo, que simbolizan el tema simbólico del eterno retorno. Un ejemplo de vida inmortal (Right Perspective Images/Alamy Stock Photo). (b) Los árboles unidos están enmarcados en cuatro lados por variaciones de motivos de capullos y flores de loto (MuseoPics-Paul Williams/Alamy Stock Photo).

A lo largo de la historia, los lirios se han asociado con varias deidades.

El autor ocultista Edain McCoy (2012) nos dice que el lirio es un símbolo cristiano de la muerte, mientras que para la diosa Ostara (conocida también como Ēostre) el lirio era un símbolo utilizado para decorar altares y templos.

Marcia Reiss (2013), por su parte, es una autora que asocia a la diosa Ostara con una antecesora pagana de la Virgen María y equipara el lirio con un símbolo de resurrección en el cristianismo.

(Como católico no estoy muy de acuerdo con esta aseveración de Marcia Reiss, sin embargo la menciono ya que El Culto a María, se ha distorsionado, según mi criterio, de lo que debería ser originalmente; dándole lugar o paso a una especie de Culto a la Diosa Madre (por sincretismo), más que ser un Culto en sí a Santa María, madre de Jesus Cristo).

En cuanto a la opinión de Reiss, me inclino a estar de acuerdo con Edain McCoy en que no sería lo más adecuado asociar el lirio con la Virgen María ya que es un símbolo solar (la noche muere, el día renace).

Desde el punto de vista de la fertilidad, Reiss también asocia a la diosa babilónica Ishtar con el lirio; y se refiere a Jacob Grimm, quien en su obra "Mitología teutónica" asocia a la diosa Ishtar con la palabra "Ostern" (Easter en inglés) (Easter puede estar relacionado con Pesaj o con Oriente) (el sol sale por Oriente y muere en el oeste) (Easter es Pascua en Inglés mientras que East es el Oriente o el Este cardinal).

La diosa babilónica Ishtar era conocida como Inanna en la mitología sumeria.

Otro nombre con el que se conocía a la diosa sumeria Inanna era Ninsianna.

Ninsianna también fue llamada la Reina Roja del Cielo y fue considerada la personificación del planeta Venus.

El planeta Venus lleva el nombre de la diosa del mismo nombre. Diosa del amor, la fertilidad y la belleza (entre otros atributos).

El planeta Venus también es conocido por los siguientes nombres:

- Eosphoros, en griego, significa portador de la luz, y esta descripción ya se menciona en la Ilíada de Homero.

- Véspero, nombre mencionado por Virgilio y Vesperugo (este nombre mencionado por Plauto). Estos nombres se refieren a Venus como la estrella vespertina.

- Lucifer, latín, portador de luz. Uno de los nombres del lucero del alba en el siglo I a.C. según Cicerón.

- Afrodita, nombre del período griego tardío.

- Freya, diosa nórdica.

Hasta aquí tenemos la siguiente idea central:

Hermes (Thot) (deidad egipcia) está asociado con Ishtar, Inanna, Ninsianna, Venus (Lucifer) a través del sincretismo.

Nos dimos cuenta de todo esto a partir de un error de traducción (es por eso que llamé a este método Irrtumlogía).

שׁושׂם = Psst!

(Interjección de silencio utilizada en Alemania)

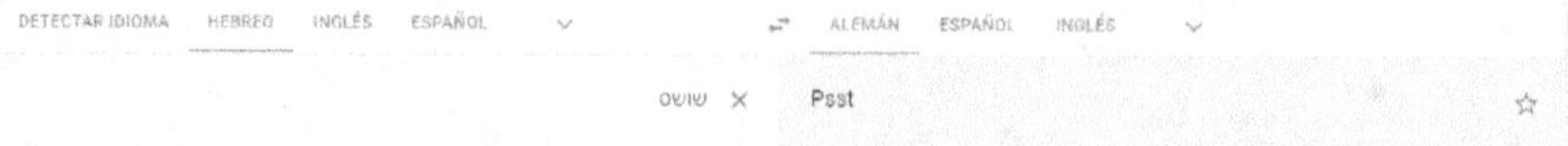

Si en su lugar hubiéramos seleccionado la opción "Detectar idioma" y luego se hubiera seleccionado "Yidis", se hubiera obtenido la siguiente traducción incorrecta:

En lugar de Psst! Habríamos obtenido la palabra "Shushas".

"Shushas" es una palabra que resulta ser otro nombre de la ciudad de Susa:

Elam	(Gen. 10:22)	Elamites, Elymeans [Susa or Shushas was their capital] with Medes-Madai-Persian Empire.

La ciudad de Susa o Shushan se escribe en hebreo como la palabra lirio (loto o rosa) (shushan).

שׁוּשָׁן

Coincidentemente 'Shush!' (Palabra en inglés similar a Shushas) se usa para callar a alguien:

Shush! es similar a Psst! (usado en Alemania)

¡Shh! es el equivalente a Psst! en español

El gesto del silencio, ya sea de la diosa Tacita Muta o de Harpócrates (el joven Horus), sería una representación del "¡Psst!" o el Shush! (en Inglés).

<u>EL CREDO DEL SOL Y LA SERPIENTE</u>

Nosotros (cristianos o católicos) que leemos este libro debemos ser conscientes de que todas estas aparentes coincidencias no son más que ciertas características que corresponden a una antigua filosofía de culto a Lucifer (quizás no bajo el término " Culto a Lucifer", o mediante el término "Culto a Satanás"), sino que corresponde a la veneración de dos símbolos ancestrales asociados a estos arquetipos.

Y estos símbolos son: el sol y la serpiente.

Para resumir este tipo de enseñanza (Filosofía o Creencia) sin elogiarla, intentaré ser lo más breve y conciso posible.

1. La arqueología prohibida (entendida como la arqueología no aceptada por la comunidad científica) nos dice que existió una conexión entre diferentes civilizaciones a nivel mundial.

Temas como los relatos de un diluvio tal como se describe en el libro bíblico del Génesis, la idea de un sabio enseñando sus conocimientos y prometiendo volver y la existencia de pirámides con características comunes son ideas específicas que sustentan esta teoría.

2. Estimado Lector, independientemente de su creencia (o incredulidad), como autor de este libro quiero dejar claro que respeto su punto de vista.

3. Más allá de lo que nos dice la arqueología prohibida, quiero que ustedes (Estimados Lectores) consideren el siguiente criterio; y verán que lo que experimenté a través de la gematria hebrea (que ya expliqué anteriormente) es un autodescubrimiento.

Un autodescubrimiento que me ha llevado a librar incómodas batallas con el mal, pero que en el buen sentido también me ha permitido fortalecer mi fe en Jesús.

LA FILOSOFÍA DEL SOL Y LA SERPIENTE

I. La filosofía del sol y la serpiente precede a todas las civilizaciones humanas conocidas.

II. Para poder transmitir la filosofía del sol y la serpiente a los diferentes pueblos, los practicantes "Primigenios" (por así decirlo) se valieron de titanes o sabios legendarios que, tras transmitir sus conocimientos a las personas, abandonaban la tierra (normalmente por mar). Al partir hacia su lugar de origen, estos personajes solían prometer que regresarían.

III. Estos mensajeros de las filosofías del sol y la serpiente pueden haber venido de una civilización más antigua que aparentemente fue destruida porque su crueldad superó su sentido de la moralidad.

IV. Entre los rasgos comunes que encontramos en las civilizaciones que en su momento adoptaron esta filosofía se encuentran estas características:

<u>Similitudes arquitectónicas</u>

1. **Las pirámides**: Estas son estructuras de culto al sol. El Sol es otro planeta junto con Venus con el que podemos asociar al adversario de Dios.

2. **El Ojo que Todo lo Ve:** Este puede ser el Ojo de Ra o el Ojo de Horus y representa la creación que surgió del Caos. Puede representar la glándula pineal, a la que se atribuye que activa el tercer ojo. También representa la idea del "dios dentro de nosotros".

3. **La mal llamada "Flor de la Vida":** Esta es una representación geométrica derivada de la evolución del tercer ojo, ya sea el Ojo de Ra o el Ojo de Horus. Puede evolucionar en el Cubo de Metatron.

4. **Alusiones fálicas o alusiones al útero:** Estas alusiones representan símbolos de masculinidad o feminidad.

5. Alusiones a los números 3, 6, 9 (sus múltiplos y divisores) y a las figuras geométricas relacionadas con estos números.

    - Triángulo equilátero (pirámide)

    - Hexad (como el Magen David)

    - El Cubo (concretamente el Cubo de Metatrón que deriva de los Ojos de Ra u Horus, como ya había mencionado).

<u>Referencias Simbólicas</u>

1. La referencia a los 4 elementos: aire, agua, tierra y fuego.

2. El Pentáculo de Venus.

3. El Símbolo del Sol Invictus.

4. El Caduceo.

5. La Vara de Asclepio

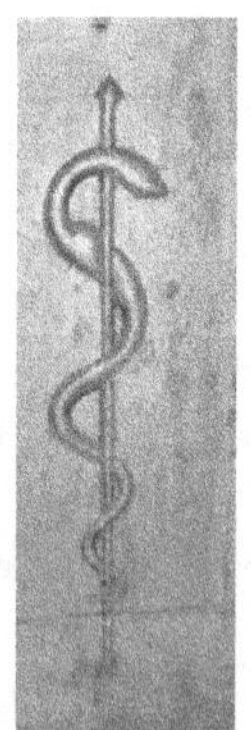

<u>Adoración de los planetas y las estrellas.</u>

Otra característica de esta Filosofía del Sol y la Serpiente es la adoración o reverencia que rinden no solo al Sol sino también a otros cuerpos celestes.

Después del Sol, Venus es su planeta al que más veneran y adoran.

Saturno, el planeta asociado con Satanás, es otro planeta que tienen entre sus regentes (planetas para adorar).

Marte, Júpiter (este especialmente por escrito), el planeta Tierra (al que llaman Madre Tierra y la asocian a la figura de las Diosas Madres).

La estrella de Sirio también es considerada un objeto de culto por parte de los seguidores de esta filosofía.

<u>Culto o sincretismo hacia Júpiter (a través de textos y libros)</u>

Los seguidores de esta filosofía solían llamar a Dios: Iouæ.

Iouæ más tarde se cambió a Jovæ. Este nombre suena un poco similar al nombre Jehová.

Jovæ fue renombrado Jove por los adherentes de esta filosofía.

Jove (o Jovis) es otro nombre para Júpiter o Zeus (en honor a Jovis los días jueves tienen este nombre).

El verdadero nombre de Dios es un misterio para todos los seguidores de Cristo y el Dios de Israel.

Sin embargo, al usar aplicaciones web como "Text to Speech App" pude escuchar un posible nombre de Dios. Y ese nombre es YEHÓH.

Si tiene dudas sobre lo que estoy diciendo, puede copiar y pegar el Tetragrámaton יהוה en una "Aplicación de Texto a Voz" y la mayoría de las veces escuchará el nombre YEHÓH, pero algunas aplicaciones pronunciarán el Tetragrámaton como Jehová.

Yeho- es en realidad un prefijo usado en muchos nombres teofóricos. En este momento (2023) hay pocos textos en los que se menciona a YEHÓH como el nombre de Dios. Sin embargo, estos textos existen; son raros, pero existen.

En español a Yahvé lo conocemos como "Dios" mayormente.

Esta palabra "Dios" proviene de una raíz indoeuropea: *dyeu-

(El asterisco * utilizado en raíces indoeuropeas indica que estas palabras son la más probable reconstrucción de una palabra)

*dyeu- = significa: brillo, cielo, dios, Padre Cielo, luz.

*dyeu- es también una analogía a Lucifer (como una estrella brillante, sol y Júpiter).

Estoy tratando de decir que los seguidores de la Filosofía del Sol y la Serpiente, a través de sus eruditos y académicos, siempre han intentado incluir una referencia al adversario de Dios en las escrituras en las que se menciona el nombre de Dios Padre.

Biblia sacra ex Sebastiani Castellionis interpretatione eiusque postrema recognitione parecipue in ususm studiosae juventutis denuo evulgata
(1750)

<u>Leave room for nature – Deja espacio para la naturaleza</u>

Esta filosofía del sol y la serpiente no debe confundirse con una religión.

Esta idea o creencia está presente en diversas religiones, sectas, en la magia o incluso en aquellas personas que siguen el camino del "dios que llevamos dentro".

La naturaleza es hermosa e inquietante.

La naturaleza es una creación de Dios.

Todo se mueve en la naturaleza con una precisión tal que ni siquiera las mejores máquinas pueden emularle.

Sin embargo, en sus rituales, los seguidores de esta filosofía intentan controlar la lluvia y las nubes, y algunos otros pretenden controlar incluso los desastres naturales.

Hay rumores de que los gobiernos manipulan los terremotos a través de equipos. Atacando muchas veces a países más débiles o desprevenidos.

A ellos no les interesa controlar la naturaleza solo a través de hechizos y rituales.

Si pueden inventar dispositivos para imitar un desastre natural, no tienen ningún problema con eso.

Los líderes de las sectas que creen en esta filosofía son perfectos. La gente normal es basura (según ellos).

Para los líderes de las sectas que creen en esta filosofía, la gente corriente somos basura.

Un claro ejemplo de esto es que, como todos sabemos, han financiado guerras, golpes de estado (Coups d'etat) y otros problemas más relacionados con fenómenos microbiológicos.

No les basta con tener dinero de forma obscena.

Pero también se esfuerzan por reducir la población mundial.

Tal vez no es solo nuestra pobreza lo que les molesta.

También pueden odiar el hecho de que no entendemos las tradiciones de sus ancestros (que coincidencialmente también podrían ser nuestros ancestros, pero la mayoría de nosotros no mantuvimos ninguna riqueza como ellos).

Definitivamente, por la razón que sea. El odio que nos tienen (a la gente normal) es obvio.

Muchas personas inocentes han muerto por este odio.

(¿Vanidad de ellos o alguna especie de ofrenda ritual de sangre?)

Mientras tanto, continúan reuniéndose en varias sectas y les dan diferentes nombres. Infiltrándose en diferentes religiones, aunque en el fondo todo es lo mismo:

1. Adoración al sol.

2. Adoración de serpientes.

3. Adoración de planetas y estrellas. – Ellos (estas élites) atribuyen un ángel, un espíritu y un demonio a los planetas y estrellas.

Es decir, los planetas tienen un ángel. Los planetas tienen un espíritu asignado. Los planetas tienen un demonio asignado.

Como el sol:

Semeliel es su espíritu (también podría ser Shemesh, que es más conocido).

Nakiel es el ángel del sol.

Sorat es el demonio del sol.

Según Cornelio Agripa.

4. Ellos (los seguidores de la Filosofía de la Serpiente del Sol) adoran los símbolos masculinos fálicos y los símbolos femeninos (relacionados con el útero).

<u>Estos son arquetipos del adversario de Dios: Satanás, Lucifer, Isis, Ishtar, Inanna, Venus, Júpiter, el Sol y otros.</u>

Hay algo llamado "el ego" o "el yo".

Esta idea, que he explorado, implica que una deidad puede ser varias cosas a la vez. A menudo, estas cosas pueden parecer completamente diferentes. Pero todo es parte de la Unidad o Unicidad.

En este caso, Lucifer, que aparece una sola vez en la Biblia, representa a una deidad llamada Helel Ben Sahar.

Pero al mismo tiempo (Lucifer) representa a Samael (también encontrado como deidad llamada Sasm). Samael es mejor conocido como Satán.

Satanás fue una vez un ángel de Dios, y luego se reveló contra el Dios de Israel.

Los muchos egos del adversario de Dios pueden resultar en que tenga aspectos masculinos o femeninos.

Venus, por ejemplo, es femenina.

Venus está asociada con Ishtar, Ninsianna y Astarté.

Pero Venus también es Lucifer.

Otra situación que plantea el ego del adversario de Dios son los constantes conflictos internos que tiene. Muchos de estos conflictos internos intentan hacernos creer (a los humanos) que son deidades diferentes o demonios diferentes.

Pero, todos ellos son UNO.

Zeus, Prometeo, Cronos. Son todos diferentes egos de Satanás tal como se manifiestan en diferentes religiones o dentro de la misma religión antigua.

En general siempre existe la escena en que un hijo heroico se rebela contra su Padre para luego ayudar a los mortales.

Esta es una gran diferencia con Jesús, quien siempre fue obediente a su Padre, incluso cuando la Muerte estuvo cerca.

Horus, Osiris, Isis, todos son iguales.

Horus, Osiris e Isis son los diferentes egos del adversario de Dios.

Isis la madre, podemos fusionar a Isis con otras diosas madres. Incluso con Venus, Afrodita, Inanna, etc.

Osiris, el padre cruel. Es como Júpiter, Zeus, Baal, EL y otros padres crueles de sus diversas tradiciones.

Yahvé incluso expulsa a Satanás del cielo, pero no por crueldad de Yahvé, sino por la soberbia y los pecados de Samael.

Horus, el hijo que se rebela. El hijo rebelde, que luego trata de ayudar o liberar a otros, muchas veces negando a su padre, es común en varias filosofías o creencias.

Son todos lo mismo

(Excepto Yahvé claro está, aunque los Gnósticos y los seguidores de la Filosofía del Sol y la Serpiente te dirán que Yahvé es malo y Lucifer el bueno)

Todos los egos del Adversario de Dios son parte del mismo Uno o un Ego.

El adversario de Dios no busca ser único; tener un culto o rito único.

El adversario de Dios quiere estar en cada tradición, filosofía, cada ritual único de magia o religión, aunque sea en una pequeña parte.

Lucifer, se muestra en la magia como un ser de luz y conocimiento (la sabiduría, la diosa Sofía, Prometeo).

Lucifer es lo mismo que Satanás. Satán aparece como un arquetipo oscuro y para quien los magos en ocasiones deben establecer círculos de protección, incluyendo en sus ritos el nombre de Yahvé.

Ellos son iguales (Satanás = Lucifer).

El adversario de Dios lucha por la omnipresencia.

El adversario de Dios busca la omnipresencia que no tiene. Mientras que Dios (Yahweh, YEHÓH, YAH, etc.) es omnipresente.

CONCLUSIÓN

Más allá de esta batalla entre el bien y el mal que tiene lugar no solo en el mundo real sino también dentro de nosotros mismos, como autor quiero crear conciencia en el lector de que la religión cristiana, ya sea católica, protestante u ortodoxa, NO DEBE permitir la infiltración de la filosofía del sol y la serpiente dentro de sus credos o creencias.

La aceptación de una fe cristiana sin símbolos (relacionados a la Filosofía del Sol y la Serpiente) es un paso por el que los cristianos deben luchar en el futuro, y va más allá de la eliminación de estatuas, pinturas, murales, grabados y mosaicos. Debemos eliminar la esencia del mal de nuestros símbolos, creencias y lo más importante de nuestros corazones.

Esta Filosofía del Sol y la Serpiente es mucho más antigua que cualquier religión conocida anteriormente y en algún momento (esta filosofía) hizo que sus adeptos (sean humanos, titanes, superhombres, seres celestiales, etc.) fueran aniquilados; y si queremos evitar el mismo destino, debemos adherirnos a las Sagradas Escrituras y, además, seguir las enseñanzas de nuestro Señor Jesucristo.

Digo esto como una opinión personal; espero que hayas disfrutado leyendo este libro y que todo lo dicho aquí (incluyendo el método que te mostré) te abra los ojos, la mente y el alma.

El conocimiento de estas filosofías no le convierte a uno en un "lector despierto". Creer en estas filosofías desde un punto de vista práctico o ritual no lo convierte a uno en un "lector despierto". Lo que cambiará tu vida es buscar una purificación de nuestra fe cristiana; ayudar al prójimo como lo hizo nuestro Señor Jesucristo, y respetar a los que piensan diferente. Pero también, ser vigorosos y decididos contra los enemigos de la fé.

El cambio comienza dentro de nosotros mismos, pero no como lo muestra esta filosofía del "Dios dentro de nosotros" (Cábala, Rosacruces, Masonería, etc.) (Incluya aquí también a la magia del camino de la mano izquierda y del camino de la mano derecha y otros). El cambio consiste en tener voluntad y determinación para aceptar la verdad que os estoy mostrando y seguir a Jesucristo sin vacilación (sin TITUBEAR)

Normalmente me identifico como un escritor de ficción, y lo hago como una especie de escudo. Pero dime si me equivoco, porque si me equivoco corregiría mi error, pero si me dices que "el pentagrama de Venus" (o la Rosa de Venus) es un símbolo positivo, que la flor de la vida trae cambios a mejor, o cosas así, prefiero advertirte (si fueras cristiano) que estás engañado por la filosofía más antigua de nuestra civilización y que la forma más fácil y mejor de encontrar la verdad sería siguiendo a Jesús.

Entonces, he aquí sabiduría. Quien tenga entendimiento calcule el número de la bestia, porque es un número humano (…)

Siga el método de este libro y encontrará la sabiduría y el conocimiento. A los 17 años fue mi primer encuentro con el método que les he explicado y anterior a eso yo había aprendido lo que la mayoría de los católicos de 17 años (bautizados, confirmados, etc.) saben. Pero ahora, que he pasado los 30, lo que aprendí por medio de la gematria, te lo enseñé en este libro y espero al menos haber plantado en ti Amable Lector, la semilla de la duda.

"No creas nada de lo que te he dicho, más no lo niegues. Investígalo"

-Jaime Rodríguez- Cuenca, Ecuador

Muchas gracias.

PARERGA ET PARALIPOMENA

The following pages of this Supplement are in English

AUTO-DESCUBRIMIENTO: Aquí hay sabiduría, quien tenga entendimiento que calcule el número de la bestia

GUIÓN DE VIDEO

VIDEO SCRIPT

Due to our strong personal convictions, we wish to stress that this video in no way endorses a belief in the occult.

I) In order to understand the number of the beast reckoning let us see a brief timeline of the bible translations

The Bible is a collection of religious texts, writings, or scriptures sacred to religious people. It appears in the form of an anthology, a compilation of texts of a variety of forms that are all linked by the belief that they are collectively revelations of God. These texts include theologically-focused historical accounts, hymns, prayers, proverbs, parables, didactic letters, admonitions, essays, poetry, and prophecies. Believers also generally consider the Bible to be a product of divine inspiration.

Those books that are included in the Bible by a tradition or group are called canonical, indicating that the tradition/group views the collection as the true representation of God's word and will. A number of biblical canons have evolved, with overlapping and diverging contents from denomination to denomination. The Hebrew Bible shares most of its content with its ancient Greek translation, the Septuagint, which in turn was the base for the Christian OLD TESTAMENT. The Christian New Testament is a collection of writings by early Christians, believed to be Jewish Disciples of Christ, written in first-century Koine Greek.

b. The following video is based on the Catholic Vulgate

What is the Catholic Vulgate?

The Vulgate is a late-4th-century Latin translation of the Bible. It was to become the Catholic Church's officially promulgated Latin version of the Bible during the 16th century as the Sixtine Vulgate then as the Clementine Vulgate; the Vulgate is still presently used in the Latin Church.

The translation was largely the work of Jerome of Stridon who, in 382, had been commissioned by Pope Damasus I to revise the Vetus Latina Gospels* used by the Roman Church. On his own initiative, he extended this work of revision and translation to include most of the books of the Bible. Once published, the new version became widely adopted. Over succeeding centuries, it eventually eclipsed the Vetus Latina.

* = Currently we could not reach a pdf of the Vetus Latina texts (If you have one, please send us an email to: ancientsecretswisdom@gmail.com)

c. What does the Catholic Vulgate says of Revelation 13:18 (where the number of the beast is mentioned)?

18 hic sapientia est qui habet intellectum conputet numerum bestiae numerus enim hominis est et numerus eius est sescenti sexaginta sex

"Here is wisdom. He that hath understanding, let him count the number of the beast. For it is the number of a man: and the number of him is six hundred sixty-six".

Please take into account that the unfamous number of the beast is written in words (in this translation -The Vulgate-)

Sescenti sexaginta sex

d. So we have this situation

1. The New Testament was written in 1st century Koine Greek.

2. One of the most known compendia "The Vulgate" was written in Latin in the 4th Century (three hundred years after the first's texts written in Koine Greek).

So, we have a problem here…

e. About the Latin Vulgate authorship

The Vulgate has a compound text that is not entirely Jerome's work. Jerome's translation of the four Gospels are revisions of Vetus Latina translations he did while having the Greek as reference.

The Latin translations of the rest of the New Testament are revisions to the Vetus Latina, considered as being made by Pelagian circles or by Rufinus the Syrian, or by Rufinus of Aquileia.

Several unrevised books of the Vetus Latina Old Testament also commonly became included in the Vulgate. These are: 1 and 2 Maccabees, Wisdom, Ecclesiasticus, Baruch and the Letter of Jeremiah.

Having separately translated the book of Psalms from the Greek Hexapla Septuagint, Jerome translated all of the books of the Jewish Bible - the Hebrew book of Psalms included - from Hebrew himself. He also translated the books of Tobit and Judith from Aramaic versions, the additions to the Book of Esther from the Common Septuagint and the additions to the Book of Daniel from the Greek of Theodotion.

f. Six Hundred and Sixty-Six or 616?

Although Irenaeus (2nd century AD) affirmed the number to be 666 and reported several scribal errors of the number, theologians have doubts about the traditional reading because of the appearance of the figure 616 in the Codex Ephraemi Rescriptus (C; Paris—one of the four great uncial codices), as well as in the Latin version of Tyconius (DCXVI, ed. Souter in the Journal of Theology, SE, April 1913), and in an ancient Armenian version (ed. Conybeare, 1907). Irenaeus knew about the 616 reading, but did not adopt it (Haer. V, 30). In the 380s, correcting the existing Latin-language version of the New Testament (commonly referred to as the Vetus Latina), Jerome retained "666".

g. How is six hundred sixty-six written in Roman numerals?

If we remember in this video the Vulgate mentioned a word for the number six hundred and sixty-six:

Sescenti sexaginta sex

If somehow, we change those Latin words into Roman numerals, we will obtain this:

DCLXVI

DC = 600

LX = 60

VI = 6

This Roman numeral is plenty well known within the Christian communities and believers. Some interpretations have been done without using Greek Isopsephy, like:

Vicarius Filii Dei

Which is a phrase first used in the forged medieval Donation of Constantine to refer to Saint Peter, a leader of the Early Christian Church and regarded as the first Pope by the Catholic Church

```
V =  5
I =  1
C = 100
A =  0      F =  0
R =  0      I =  1
I =  1      L = 50      D = 500
V =  5      I =  1      E =  0
S =  0      I =  1      I =  1
─────────   ─────────   ─────────
   112  +      53   +      501  =  666
```

And as it is obviously seen some numbers equals "zero", so in our opinion, we do not think that this controversy will be accurate (at least how it is expressed)

h. What if the number DCLXVI has another meaning not known until now?

We think as a hypothesis that this might be possible. So, we are proposing through this video that the number DCLXVI might a code that must be transliterated, which means change the symbols into letters.

- Based on the pronunciation stated by the website: PHONETICA LATINÆ - How to pronounce Latin https://la.raycui.com/alphabet.html

We will change each of the letters of DCLXVI into its phonemes in Ecclesiastical Latin:

(If you want to hear the sounds, please visit the referred website)

DCLXVI

De che el iks ve i

or

De che-el-iks ve-i

Apparently, this transliteration might look as gibberish but, rearranging it:

dē celix vei

Wich would be translated into

dē (down, away from)

celix (Cilicia the land of celix) = Celliks or Celli mean Celtics

vei (of the word vai -to go-)

This as a hypothesis might be interpreted as Away from Celik Goes

(If someone who sees this video may debate this, any objection will be well received)

i. The book: Acts of The Apostles by Marcos Davila (2019)

Cilicia (Strong's 2791) means "the land of the Celix" which, in simple English, means Lands of Celts.

j. Who was the Celts?

The Celts or The Celix (also spelled with K's and pronounced Kelliks) were descendants of mid-European Celtic tribes.

h. Isopsephy reckoning

In Coptic there are more references relatively spread among the Christians such as:

1) Teitan

The value of the Coptic Letters is:—

т	T	. . . . . .	300
є	E	. . . . . .	5
ı	I	. . . . . .	10
т	T	. . . . . .	300
ⳑ	A	. . . . . .	1
ıı	N	. . . . . .	50
			666

Taken from The Natural Genesis written by Gerald Massey in 1883

i. Reckoning the Number through Hebrew Gematria and through the Google Translator for Non-Hebrew speakers.

I) There are two ways here:

a. Search a combination of numbers which addition (sum) is equal to 666, like 300+300+60+6 = shim + shim + samej + vav = ש + ש + ס + ו

And once we have the number combinations we change places until the Google Translator provides us a "logical translation" such as

If you want to see what SHUSHAS meant and its relationship with the six hundred and sixty-six number, please check our past video titled: Lucifer,

Ishtar and the Lily-Rose symbol. Or in YOUTUBE search: "Ishtar and the Number of the Beast" or "Lucifer, Ishtar and the Lily-Rose symbol"

b. And the other way which is a little bit longer (from our criteria) is that:

- Go and find a book where a Hebrew word appears (preferably in pdf -no image scanned).

- Go to the website:

https://www.torahcalc.com/gematria/

- We recommend the Mispar Gadol (Large Sofit) Gematria in the same website

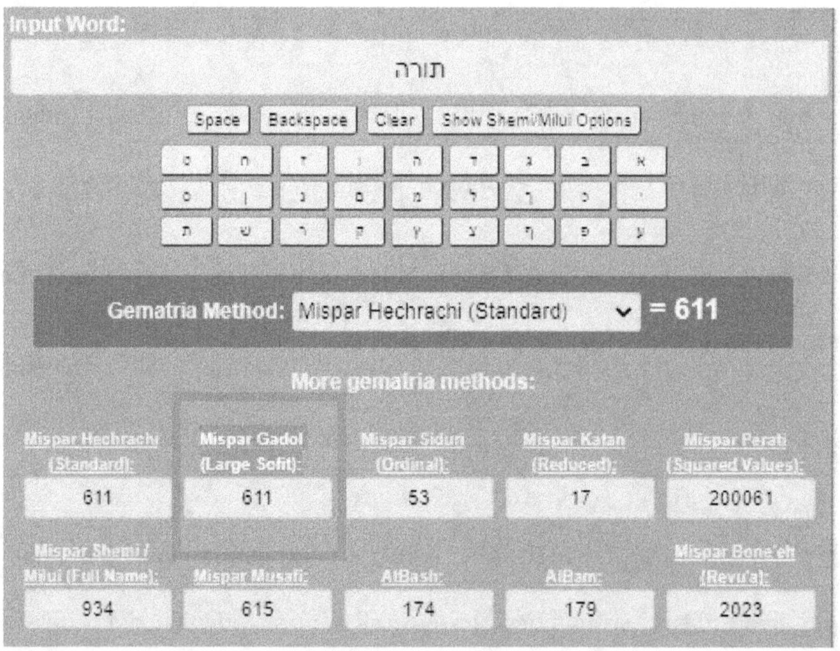

Mispar Hechrachi (Standard):	Mispar Gadol (Large Sofit):	Mispar Sidduri (Ordinal):	Mispar Katan (Reduced):	Mispar Perati (Squared Values):
611	611	53	17	200061

Mispar Shemi / Milui (Full Name):	Mispar Musafi:	AtBash:	AlBam:	Mispar Bone'eh (Revu'a):
934	615	174	179	2023

This in order to avoid number simplification (which means that if a word has a gematria of six hundred and sixty-six it might be reduced to 106 or something).

Here you will find in the Book of Genesis by Gerald Massey (1883) some interesting words which a six hundred and sixty-six gematria.

שׁ	(S)	300
ע	(A)	70
ר	(R)	200
ו	(O)	6
צ	(S)	90
		666

SAROS (The saros is a period of exactly 223 synodic months, approximately 6585.3211 days, or 18 years, 10, 11, or 12 days (depending on the number of leap years), and 8 hours, that can be used to predict eclipses of the Sun and Moon. One saros period after an eclipse, the Sun, Earth, and Moon return to approximately the same relative geometry, a near straight line, and a nearly identical eclipse will occur, in what is referred to as an eclipse cycle).

Sut or Sevekh was Saturn under his Planetary Type, and in Chaldee Saturn is Satur, *i.e. Stur*, and the numerical value is :

ס	S	60
ת	T	400
ו	U	6
ר	R	200
		666

And if we remember the lily-rose (Ishtar related in past videos) we will find

the following:

[2] Elliot[1] has observed (׀) that the Kabalists used to ask *"What is the Lily?"* (Shushnah) in the Book of Esther, rendered by Shushan as a proper name in the A.V., *"because both words contained the same numerical value."* This is given as the No. 661.

ש	300		א	1
ו	6		ס	60
ש	300		ת	400
נ	50		ר	200
ה	5			
				661
	661			

But this is to miss the secret meaning. It may be supposed that the Kabalists would use the *He* for "*the* Lily," and also write the name *Hesther* in accordance with

that of *Hadash*. The He adds five, making the number 666. Hesther is the Hebrew form of Ishtar or Shetar (Eg.) the Betrothed, and the character of the Betrothed is performed by Hesther for twelve months.[1] The Kabbalistic conceit of "the Lily," Hesther, and the mystical number is precisely the same as that of the Beast.

The Lotus-Lily was a symbol of the genitrix or Virgin-Mother, who sat upon the Waters as the Scarlet Lady of mystery and abomination. The Sistrum was another symbol of the Beast Hes, Isis, or "Seses," a Gnostic name of Isis. Its name of *Seshesh* contains the three S's, value 666. These were represented by the three wires, that make it a figure or image of the number 666.

Astarte, also, in a dual or compound character called Isis-Minerva, has been found under the title of Saosis or 666 when the S's are read according to the numerical value of the letters. The Beast was of both sexes, according to the double Constellation of the Seven Stars.

That is all we have to say about this matter, at least by now.

Amable Lector (a)

Si has llegado a esta instancia del libro

Muchas gracias

Juan Vitaliano Quiñonez Albán

(J.V.Q.A)

ACERCA DEL AUTOR

Juan Vitaliano Quiñonez Albán es un escritor ecuatoriano de temas como fantasía, religión, mitología e inteligencia artificial.

Ha publicado varios libros en español e inglés que contienen elementos de ficción y no ficción. Sus obras se inspiran en diversas fuentes como la Biblia, la literatura apócrifa, la historia antigua, el esoterismo, la numerología y la gematría.

Sus libros más famosos incluyen:

El Anticristo y la Inteligencia Artificial (The Antichrist and the Artificial Intelligence), una serie de dos volúmenes que cuenta una historia ficticia sobre el fin de los tiempos, basada en un diálogo que tiene con una inteligencia artificial a través de una aplicación de chat en línea.

Sabiduría de los Antiguos Secretos, libro que sirve de introducción al estudio de los antiguos misterios, a los que llama Antiguos Secretos, o Las Enseñanzas Secretas. En este tratado explica algunos conceptos como gematria, numerología, simbolismo y mitología desde su perspectiva cristiana.

The Logos – The Word of Jesus Christ [ὁ Λόγος], Compilation of Jesus Christ Quotes According to the Gospel of Saint Matthew. En esta obra el autor analiza cada cita en el contexto de su significado y su relación con otros pasajes bíblicos.

Sus libros están disponibles en varias plataformas y aplicaciones en línea.

9 798223 529521